한 송이 풀꽃으로

개미시선 073

한 송이 풀꽃으로

1쇄 발행일 | 2022년 04월 25일

지은이 | 안 영
펴낸이 | 정화숙
펴낸곳 | 개미

출판등록 | 제313 – 2001 – 61호 1992. 2. 18
주소 | (04175) 서울시 마포구 마포대로 12, B-103호(마포동, 한신빌딩)
전화 | (02)704 – 2546
팩스 | (02)714 – 2365
E-mail | lily12140@hanmail.net

ⓒ안 영. 2022
ISBN 979 – 11 – 90168 – 45 – 8 03810

값 11,000원

한 송이 풀꽃으로

안 영 시집

개미

문학청년 시절, 소설보다 시를 더 먼저 좋아했습니다.

모교인 조선대학에서 김현승, 이수복 교수님들의 사랑도 받았습니다.

그런데 언제부턴가 소설을 쓰고 있었고, 마침내 소설가가 되었습니다.

이제 이것저것 정리할 나이가 되어 옛 공책을 뒤지다 보니, 대학 시절부터 써 놓은 시가 아직 살아 있군요. 물론 치기 어린 시들이지요. 하지만 순수하던 당시의 흔적이라 그냥 버리기가 아쉬웠습니다. 게다가 소설가가 된 뒤에도 이따금 시 비슷한 것을 써 왔기에 부끄러움을 무릅쓰고 연대순으로 한 권의 시집을 묶습니다.

사실은, 시인들에게서 시집을 받을 때마다 저도 딱 한 권 시집을 갖고 싶었습니다.
　반세기 넘게 '한 송이 풀꽃'으로 문단이라는 거대한 정원 가장자리를 지켜왔으니 시꽃 몇 송이도 남기고 싶었던 것이지요.

　제게 용기를 주시고 출판을 맡아 주신 최대순 사장님께 감사드립니다.

2022년 봄 분당에서
안 영

차례

2부

나의 중년 시절

5부

청탁에 의한 시

1부
방황의 세월
— 나의 20대

효성(曉星)

어둠이 실없이 지는 하늘
효성은
그날의 효성은
살아오는 아침보다 밝더라

크담한 동녘의 여명을 누르고
사뭇이 피어 오던 반짝임
나는 끝내 그 빛을
너의 영자(影姿)라 불러보고

아아,
너에게도
나의 영혼으로 피어날
한 떨기 효성을 불러 줄
눈이 있다면
손이 있다면

(1959년)

가을볕

여인들의 파라솔이 스르르
접히이는 계절
이제 태양은 아무 가림 없이
마주할 수 있어 좋다

휴강 시간이면
말없이 올라보는 뒷산 큰 바위
그늘을 골라 앉던 어제의 나는 아니다

갓 맞춰 찾은 구두를 발에 꿰듯
뿌듯이 조여 오는 가슴
너를 생각하며 훈훈한 가을볕을 느껴 본다

편지를 받고 난 다음으로만
뿌시시 답을 쓰는 버릇
내가 네 편지를 기다린다면
너도 내 편지를 기다린다는 걸
왜 몰랐을까

이제 태양은 아무 가림 없이
마주할 수 있어 좋다

(1959년)

길

친구야
먼 길을 돌아 돌아서
우리 이제 여기 왔구나
한사코 하얀 길만 찾아 걸으려다가
너와 나
참 많이많이 돌아서 여기 왔구나

마알갛게 흐르는 개울물 곁에 하고
머얼리 뻗어간 고향의 들길 위엔
하마쯤 풀꽃 내음 함뿍 풍겨나겠지

친구야
발부리에 돌멩이 채여 쌓는
산골 밭두렁 길일지라도
향긋한 풀꽃 내음 맡으며
나, 네 곁에 나란히 걷고 싶구나

네 곁에 있음 느끼기만 한다면

나, 거길 하얀 길로 알 거다
너만 곁에 있다면

(1960년)

떠나는 날

생각험,
너무나 아스라이 멀기만 했어요
그러나 이제 이렇게
젖은 눈매로 헤임 인사를 해야 되다니…

뚝뚝 호숫물 위에 떨구이는
그 빗방울 소리를 귀 가까이
손 맞잡고 섰던
우리들의 나란한 거리
한 번만 더, 한 번만 더,
그 나란한 거리를 가져보았으면

바라고 싶은 건
꽃을 피워 주세요
영원을 셈하면서까지
시들지 않을 한 송이
꽃을 피워주세요

그리고 하나만 더
우리 서로를 기억하며
다가설 먼 먼 뒷날까지
서로의 건강과 행복을 빌어줄 수만 있다면
짧은 동안의 우리 사귐이
결코 헛되지 않았다고
둘이 다 미소 지을 수 있을 테지요

그럼 이제
저기 저 멀어 가는 노을빛 닮아
묘묘한 기억 속에 도란거려요

(1960년)

*1960년 5월호 《여원》에 실린 글
*당시 추천인 김남조 선생님의 평
  "수준작을 넘는 소품입니다. 조금만 더 탄력 있게 정리했더라면
  아주 수작이 될 뻔했습니다."

믿음 안에

너와 나의 통로에
자꾸만 차이는 돌멩이
싸악 주워다 버리자

여문 싸리비 들어
갓 쓸어 놓은 행길은
맨발로 마구 걸어도 좋으리

보드라운 비단길
티 없는 우리 맘
마음 놓고
건네 보자

믿음 안에

(1962년)

오월에

봄비 후북이 내린 뒤
들판에 서니
화악
가슴에 안겨오는 푸르름

너르디 너른
보리 푸름의 들판에
이따금 넘실거리는
파도 파도 파도
아, 바다로구나

허리 굽혀 손을 담그니
문득 오월 푸르름으로
함초롬히 젖어 드는 물새가 된다

이 황홀한 순간을
영원으로 이어 갈 순 없을까

나도 한 뿌리 보리로 서서
한 철로 일생을 다 살아버릴 순 없을까

들판은 나를 자라게 한다

(1962년)

편지

바람 부는 창가를 골라 앉는다
푸른 마을
나뭇잎 사이로 도란도란
우리들의 정 스민 대화가 거기 있구나

잉크 버는 종이는 싫어
제 맘대로 빗나가는 펜도 싫어
좀 더 이쁘고 깔끔한 글씨로
우리들의 대화를 수놓고 싶구나

마지막 정열을 화염처럼 내뿜는
8월의 저물녘
바람 부는 창가를 골라 앉는다

도란도란
혼자이면서 즐거이 둘이 되는
너와 나의 정겨운 대화가
사르르 사르르

나뭇잎을 흔들며 바람 따라 찾아들면
내 마음엔 평화 가득

그실 나는
멀리 있는 사람과
더 많이 도란대며 살아왔구나

(1962년)

가로수

가을
물결치는 한숨의 바람에
우수수 네 잎닢이 지면
나는 어느새
철 바뀐 차림

걷자
네가 벗는 수낱의 엽의(葉依)를 모두어
어제보다 한 겹 두터운
나는 나의 의상(衣裳)을 만들며
독백,
끝맺음 없는 독보 속에
무성(茂盛. 無聲)한 내 회화가 진다

고향은 언제고
멀리서만 손짓하는
나의 휴식

생활의 주류를 차라리
방황으로 삼는
아아, 우리는 모두
너무나 닮은 이웃이구나

(1962년)

봄을 맞으며

비 개인 뒷날 아침
창밖에서 들려오는 기척
보시시이
복사꽃 벙그는 소리

겨우내
기다림 한 보람일랑
버들개지 하나만으로도 족한데

다시금 날라온 반가운 소식
매화꽃 가지에
사뿐 내려 앉은
나비의 날갯짓

봄이여
겨울은 그대의 긴 휴식이었던가

(1963년)

028

홀로감

가을 어느 날
혼자 길을 걷다가
너무 외로워
그 마음 표현할 수 있는
딱 맞는 단어 하나 달라고
기도한 끝에 얻은 말
홀로감(感)

이 작은 체구 하나를
이 작은 가슴 하나를
어디엔가 안주케 하고 싶다는 갈망

그러나
안주한다는 것은
죽어 묻히는 것
내 살아 있는 동안엔
완전한 안주는 있을 수 없는 것

바위 같은, 산 같은,
그런 무게로라도
누군가 나를
한 가슴에 눌러 줄 존재는 없을까

맴돌다 되찾는 홀로감

(1963년)

눈(雪)이여

허공에 흩날리는 설편(雪片)
그것은 안주처를 찾아 방황하는
나의 영혼
핏멍울 얼얼한 흉벽에
뾰촘 비집고 나온 백합

나는 하나,
나는 둘,
나는 셋,
기천 기만으로 찢기우는
나의 이 분신(分身)

자기분열이란 그실
어른 이전의, 엄마 이전의,
앓이. 앓이
나 처녀가 겪지 않으면 안 되는
애끓는 아픔, 진통(陣痛)

눈이여,
한(恨)의 불 입김을 뿜으사
거두어 주소서
찢기어 헷갈려간 나의 이 영혼을
하나의 장소로
하나의, 단 하나의…

바라노니

지산(芝山)골 화원에 들러 잠시 휴식
태산목 갓 핀 꽃잎 하나 따
입에 무니
가슴 가득 하얗게 번지던 향미(香味)

나는 어떤 빛깔, 어떤 향미로
뉘 마음을 적실 수 있을까

바라노니
내 정(情)이 듬뿍 묻은
생명의 초록 같은 것
더하여
그윽한 쑥 내음도
솔솔 났으면

(1964년)

불신

내 눈의 투시력 같은 것
싫다
대인관계의 아찔한 현기(眩氣)
싫다
정말 싫다

불신의 괴로움을 너는 아는가
믿으며 살고 싶다
속더라도

(1964년)

무심을 향하여

결별(訣別)이 있었고
해후(邂逅)가 있었고
또다시 긴긴 방황과
바작바작 피 마르는 홀로감

잎 지는 가로에
내 여린 감성도 팽개치고 싶다
바람에 후루룩 휘날려
멀리멀리 사라져 주었으면

마침내 나는
앙상한 가지뿐으로 서서
눈보라 몽땅 받는 한 그루
나목(裸木)이 되리
그 위에 하얀 눈꽃을 피우고
마른 감성으로 무심(無心)해졌으면

가을은 결별하고 싶은 계절

무심한 겨울을 준비하며
멀리멀리 유랑하고 싶은 계절

(1964년)

맨발의 성모님

내 소녀 시절
가슴 저린 부모 고픔에
등 기댈 곳 찾아 헤매다가
친구 따라 원불교, 개신교 가보았지
어딘지 마음 안 차
안주 못하고 방황, 방황

햇살 좋은 봄 어느 날
첨탑의 종소리에 이끌려
내 발로 찾아간 성당에서
맨발로 튀어나온 성모님 만났네
"애야, 어딜 갔다 인제 오느냐?"
오, 따뜻해라
드디어 찾은 어머니의 품

(1964년)

뒷모습

밤 내
창문 두드리는 소리

바람 타고 와
나를 부르는 그 사람 누구일까

모른 척
내내 모른 척

그러나
날 부르는 소리 하도 간절해
살며시 문 열고 내다보니

지칠 대로 지쳐
마악 돌아서는
그대 뒷모습

(1965년)

입추 소묘

늦여름 내 침실의 주렴 밖에서
'가을입니다'
찌르르 벌레들의 노크 소리

키다리 칸나가
한여름 제 뜨거운 젊음을
붉음붉음 피로써 토하자
그 곁에서
키 작은 사르비아
눈부신 혈화로써
늦여름을 수놓더니

'가을입니다'
오직 풀벌레의 이 노래 듣고자
전신의 출혈을 견뎌온 양
시그르르
가지 채 숨지는 꽃들의 허망

'내 차례예요'
어디선가 찹찰한 바람에
청초히 묻어오는 국화꽃 음신(音信)

이제 나는
끝물의 포도알을
낱낱이 닦아서
진보랏빛 포도주를 빚으리

(1966년)

2부

나의 중년 시절

석류

터질 듯 벙그린 모습
너, 붉은 석류여
그 숨막히는 과피(果皮) 속에
차근차근 열 지은 질서는
어디서 오는가

반짝이는 금강석
반쯤 숨어
입술 가리고 미소 짓는
석류여
너의 그 찬란한 빛남보다
질서 정연한 자세가 부럽다

이제 나도 안으로, 안으로
침잠하여
내 나름의 질서를 만들어 볼까

(1974년)

가을비

내 조촐한 화단의 여왕
탐스런 장미의 미소가 걷힌 뒤
붉음붉음 피 토하며
온 마당을 불태우는 사르비아

가을비는
타는 꽃초롱 옆 장독대 위에 앉아
피아노를 치기 시작한다
더러는 알레그로, 더러는 안단테
온통 음악으로 빚는 물결

나도 한 송이 꽃으로 서서
청중이 된다

(1974년)

모순

가까이 다가오면 다가올수록
멀리 밀어내고 싶고
멀리 있으면 멀리 있을수록
가까이 부르고 싶은

있으면서 없고
없으면서 있는

휘짓는 내 고갯짓 속으로
그대는 뜨겁게 뜨겁게
파고드네

내 역리(逆理)의 환영

(1975년)

질서

바람 한 점 없이
따뜻한 날씨
담벼락에 기대어 해바라기 하다가
나는 보았네

포근한 겨울 하늘을
까맣게 수놓는 갈가마귀 떼
파아란 하늘의 차디찬 고요와
까아만 새들의 정제(整除)된 날갯짓

누가 감히 그림 그릴 수 있으랴
겨울 하늘에 가지런히 박혀오는 저 질서

그들은 알고 있을까
나에게 배워 준 생활의 질서를
그 아름다움을

(1977년)

아버지를 기리며
— 한국전쟁 30주년을 맞아

아버지
더운 피 나랏일에 쏟으시고
안에서는 노상 엄한 눈빛 주시던 당신

마흔여덟 한창 나이 비운에 가시고
어머니마저 당신 따라 훌훌히 떠나시니
허허벌판에 어린 저희만 덜렁 남아…

다행히
조부모님 극진한 사랑 햇볕 쪼이며
다섯 남매 각자 제 앞길 찾아
이제 모두 반생의 고개를 넘었습니다

당신을 처참히 앗아간 6 · 25
어언 삼십 주년
아직도 가슴속에 타오르는
그 엄한 눈빛
바른길 비추는 등불되고 있사오니

아버지
이승 걱정 다 내려놓으시고
천상 복락을 누리소서

(1980년)

고향 집

대문 앞 모퉁이엔
감나무 두 그루
땡감은 우려서 먹고
바알갛게 익은 감은
소쿠리에 차곡차곡 담아
지붕 위에 얹어 놓고
무서리를 맞혀 가며
연시를 만들어 먹었지
언니들과 함께

찰랑찰랑 넘치는 우물물엔
종그래미 동동
오며 가며 한 모금씩
여름에도 이가 시렸지

우물가엔 치자나무 두 그루
하얀 꽃 조랑조랑 피우면
아릿한 향 내음 코가 저렸지

사랑채 뒤란엔
길게 병풍 두른 대밭
겨울이면 푸두둑 푸두둑
갈가마귀 나는 소리 즐기며
서도에 취한 조부님 곁에서
먹을 갈았지
언니들과 함께

그리워라, 그 시절
보고파라, 언니들

(1981년)

가을에

남창에 기대서서 해바라기 하노라면
어린 날 고향 집의 추수철이 그리워져
텅텅텅 도리깨 소리 귓가엔 듯 울려라

할머니 부산부산 정지문을 넘나드시고
할아버지 기침 소리 사랑채를 울리더니
지금은 솟을대문에 자물쇠만 외로워라

은행잎 방석 위에 앉아보고 누워보며
하늘을 우러러 읊어대던 노랫가락
가로수 떨군 잎 타고 고향 하늘 날아볼까

(1983년)

환희

며칠을 성찰한 죄
더 이상 미룰 수 없어
고해소를 찾아가
신부님께 다 고백하고
보속까지 마쳤을 때

티 한 점 없는 순수로
가슴에 충만한 기쁨

모차르트, 베토벤,
슈베르트, 브람스,
좋은 음악 듣고 있으면
언제나 느껴져
보속을 마치고 나온
환희

(1985년)

또 다른 보람

수업을 마친 방과 후
할 일이 또 하나 있네

열여덟 푸른 나이 여고생들
고민 한 보따리 들고
은밀히 상담실 문 두드리네

사연도 가지가지
학업 성적 때문에
엇갈린 우정 때문에
이웃집 오빠 때문에
가정환경 때문에

안식의 보금자리 가정에서
웬 문제가 그리도 많을까?
부모님도 형제들도
서로가 서로에게 주는 상처
아프고 아파 가슴 저리네

그 순간 말은 헛되고 헛된 것
애잔한 그 아이 손을 잡는다
아니, 어깨를 감싸 안는다
등 토닥이며 함께 울어준다

충분히 공감하며 듣고만 있다가
사랑 담은 말 한마디 건네면
새로운 희망으로 살아나는 그 아이
"선생님, 감사합니다. 이제 됐어요"
눈물 젖은 미소가 예쁘네

어느새 해는 뉘엿뉘엿
또 다른 보람으로 기뻐하며
집에서 기다릴 내 아이들 생각으로
허겁지겁 퇴근길 서두르네

(1983년)

다 보듬어 안고

세상 모든 사람
단점도 있고 장점도 있고
우리 서로 만날 땐
단점보다 장점이
더 크게 보였으면

주님!
삼위일체 신비로
친교를 가르쳐 주신 주님,
주님께서도 혼자 지내시기 싫어
삼위일체로 함께 살고 계시지요?

부족한 저는 더욱 홀로 살 수 없으니
이 사람 이래도
저 사람 저래도
다 보듬어 안고 함께 살게 하소서

(1986년)

즐거운 전쟁

새벽 5시
가족들 잠 깰세라 조심조심
부엌에 나가 삼 남매 도시락 준비

고2, 고3은 둘씩
중3 막내 것도 하나
내 것도 하나 더
다 싸고 나면 출근 시간
부지런히 가족 밥상 차리면서
선 채로 밥 한술, 국 한 모금

겨우 시간 대어 깨어나온 가족들
너도나도 치열한 출근 전쟁

그래도 나의 일이 즐거워
내가 택한 길
교단에만 서면 신들린 듯
나의 아는 것 다 주고 싶어

지식뿐 아니라 웃음도 눈물도
바른 인성 길러 주고 싶어서

사랑하는 나의 학생들
미래의 주역들

(1986년)

성채(城砦)

나 스무 살 푸른 나이 때부터
간절히 품었던 소망 하나 있었지
비바람 불고 눈보라 몰아쳐도
아무 걱정 없는 단단한 돌담집
내 한 몸 온전히 받아 줄 성채

삶이 버겁고 외로워 힘들 때
언제나 달려가 기댈 수 있는
아늑한 내 고향 견고한 성채

봄이면 솔향기 그윽하던 고향 언덕
가을이면 은행잎 폭신하던 동구밖
겨울이면 갈가마귀 둥지 틀던 대숲

자애로운 어머니 맨발로 달려 나와
지친 내 잔등 다독이며 눈물 닦아 주리

퍼내도 퍼내도 마르지 않는 샘물

생명수 길어다
허허로운 영혼의 목마름 축여주리

(1990년)

유혹

하느님,
당신은 아시나요?

저 자신 때문에
죄의 유혹에
빠지는 일보다

자식 일 때문에
죄의 유혹에
빠지는 일이

더 많음을

(1991년)

자화상

내 나이 스무 살 때
친구들은 가끔 말했지
꼭 수녀 같아

개신교로, 원불교로 방황하다가
마침내 천주교에 입교할 때
날 아끼던 스승님 말씀하셨지
안 그래도 종교적인데 성당 다니려고?

사랑도 하고 존경도 할
그 한 사람을 찾으려
내가 나의 빗장을
너무나 꽉 잠그고 있어서
듣던 말들

내 나이 불혹을 넘기고도
지천명을 넘기고도
또 듣고 있는 말

"함부로 다가서기 힘들어."
싫지는 않지만
나 자신에게 조금 미안하네

빗장 열어
모두에게 다가설 수 있는
인간 냄새
아직도 부족한가

(1992년)

빛으로 오신 분

하루하루 고단한 삶이 버거워
손끝 하나 움직일 힘이 없었네
나의 힘 나의 방패 주님만 부르며
암흑 속에 갇히어 울고 있을 때
위로자인 성령 빛으로 오셨네

눈물 흘리며, 세례받을 때
하얀 치맛자락에 갑자기 떨어진 빛살
십자가 모습으로 반짝이고 있었지
빛나던 그 십자가 성령으로 오시어 말씀하시네
사랑하라 사랑하라
용서하라 용서하라
그 길만이 너를 해방시키리니

(1992년)

아름다운 거리

멀리서 바라보는 가을 산
붉은빛 노란빛 영롱한 비단 자락
수천수만 필 출렁출렁
끝없이 산허리에 펼쳐 놓았네
아, 달려가 안기고 싶어라

무작정 한달음에 달려가 네 곁에 서면
가지마다 솟아 있는 날카로운 가시넝쿨
내 가슴 찔러 상처 내고 아픔 주네

아, 저만큼 멀리서 바라보면
보송보송 솜털처럼 부드러운 가슴
감미로운 화음의 합창도 들리는데

항상 이쯤에서 바라보고 싶어라
우리 사이 아름다운 거리

(1996년)

3부

사별의 아픔

연도

아침저녁 6시
하루에 두 번
그대 영정 앞에 앉습니다

촛불 켜고 향 피우면
은근한 미소 띠며
반갑게 다가서는 그대

금세 입이 열리고
내게 못다 한 말, 할 듯 말 듯

귀양살이 끝나고
아버지 집
본향 찾아 떠난 그대

행여 연옥에서 서성일세라
아침저녁 6시
절절한 마음으로 연도를 바칩니다

하느님
스테파노를 불쌍히 여기시어
연옥의 모든 형벌을 면하게 하소서

주님께서 죄악을 헤아리신다면
감당할 자 누구오리까
스테파노에게
영원한 안식을 주소서

(1997년 9월)

첫눈

환갑잔치는 쑥스럽다고
우리 삼십 주년 기념일에
온 가족 모아
잔치를 벌이자던 그대

한 치 앞을 못 본다더니…

과일 가게에선
그대 끔찍이도 좋아하던
탐스런 홍시감
빠알간 미소로 나를 유혹하는데

한 달 보름 앞서
그대, 총총히 떠나 버리고
오늘, 호올로 맞는 삼십 주년

저물녘
그대 퇴근길 발자욱 소리에

문을 열고 나서니

놀라워라!
보송보송 송어리도 굵은
첫눈, 첫눈, 첫눈 내림이여

아직은 시월인데…

그대, 하느님 졸라
내게 보낸 선물인가요

(1997년)

*1997년 10월 30일 분당에 첫눈 오다

죽어서도 그대는

그대와 나,
무시로 드나들던 분당 성요한성당에서
북한 동포 돕는다고
헌 옷가지 챙겨 오라기에
장롱문 열고
그대 남기고 간 양복들
꺼내 보았지

하나하나에 서린 사연
새록새록 피어 올라
안 돼, 안 돼, 이건 안 돼
이것도 안 돼
눈시울 적시며
자꾸 제치다 보니
꺼내 줄 것 하나도 없네

차라리 새 양복 한 벌 값을
성금으로 내고 싶네

나 입으려고 샀던
새 옷 한 벌을 내고 싶네

그 순간,
평소 하던 그대로
그대 눈길 나를 쏘아보며 말하네
무얼 망설이느냐
다 주어라, 다 주어라

죽어서도 그대는
목소리도 당당히
이웃 돕기하고 있네

(1997년)

동짓날

오늘은
일 년 중 밤이 제일 길다는
동지
그대 좋아하던 친지들 모시고
백일 탈상을 지냈습니다

향기 그윽한 국화꽃 다발 속에서
나비 훨훨 나는 양란꽃 다발 속에서
그대 우리와 마주 앉아
시종 빙그레 웃고 계십니다

대부님과 대자들, 여러 친지들,
그대 좋아하던 술 한 잔 따라 놓고
분향 배례
엎드린 몸 오랫동안 일으킬 줄 모릅니다

참석자 모두는
노랫가락 구슬프게

연도 바치고

나는 그대 그리며
밤새워 쓴
몇 편 시를 낭독했습니다

끊길 듯 잇고, 이을 듯 끊기고
내 슬픔 모두가 한마음 되어
그대를 기리다가 돌아갔습니다

의식은 끝났지만
차마 그대 영정 치울 수 없어
그냥 이렇게 모셔놓고
함께 살자고

오늘은
일 년 중 밤이 제일 길다는
동지
또 얼마를 지새워야
날이 샐까요

(1997년)

반포 성당에서

오늘은
그대와 나
십오 년 세월 발길 오갔던
반포 성당에 갔었습니다

성가를 부르다가
문득
미사 때마다 테너로 뽑던
그대 목소리
또렷이 들려와

솟구치는 그리움
목이 메어
노랫가락 꿀꺽 삼키고
두 눈을 깜빡였습니다

시도 때도 없이
눈짓으로, 손짓으로

더러는 목소리로
내 앞에 나타나는 그대

단상에는
흔들리는 십자가

그대 없이
홀로 지고 가는 나의 길
오늘도 허덕이며 걸었습니다

(1998년 1월)

병원에서

작년 이맘때
그대 입원했던 그 병원
신촌 세브란스

오늘은 나
새벽부터 나와 앉아 있습니다

다섯 시간도 넘게 기다렸건만
아직도 내 차례는 멀었는지
대합실 의자는 붐비기만 합니다

물 한 잔 못 마시고
환자들 더미 속에서 고생고생하는
의사 선생님도 측은하고

부어오른 목 만지며
초조히 기다리는
환자들도 안쓰럽기만 합니다

위암과 갑상선은
하늘과 땅,
모두들 간단하다 말하지만
그대 없이
호올로 수술해야 하는
나도 또한 가엾기는 마찬가지

어디선가
그대 불쑥 튀어나와
내 어깨를 감싸줄 것만 같습니다

가깝고도 머언 먼 그대여

(1998년 2월)

위령의 달

11월은
위령의 달,
스산해라

나무들은
그 곱던 의상
다 벗어 버리고
순전한 자아
맨몸으로 떨고 있네

거리에는
하닥하닥 뒹구는
나뭇잎들

한가득 거머쥐고 살다가
죄 털어버리고
먼저 간 영혼들
연옥에서 저렇듯 서성일까

찬바람에
마구 하닥거리다가
내 차창 앞에 날아와
후둑 얹히는
마른 잎 하나

아직도 내 연도(煉禱) 애타게 기다리는
그대 영혼인가

(1998년 11월)

죽음이 무르익어

농익은 과일이
나뭇가지에서 저절로 뚝
떨어지듯

죽음도 익을 대로 익어야만
심장에서 피 돌이 그치고
숨소리 뚝 그치는가

천국을 그리며
아버지 곁에 가고 싶다고 가고 싶다고
간절히 원해도

때가 되지 않으면
대롱대롱 나뭇가지에 매달린 채
하루하루 힘겨운 곡예를 하는가

(1998년 11월)

디트로이트 비행장에서

열너댓 시간 비행을 마치고
어리벙벙 입국 수속을 밟는다
"어느 도시를 가시오?"
"미시간."
키 크고 몸피 좋은 백인 역무원
웃으며 다시 묻는다
"어느 도시?"
도시에 하도 강세를 주기에
얼른 눈치채고
"앤 아버." 하고 대답한다
미시간은 주 이름임을 그제야 깨닫는다

아들을 만난다는 기쁨 안고
가방 속에 꿍쳐 온 갖가지 우리 음식
돌갓김치며 우엉 뿌리들
쪼그리고 앉아 숨을 죽이네
혹여 그런 걸로 시비 걸면 어쩌지?
두근두근 가슴이 떨리네

이리 굴러 저리 굴러 검열, 또 검열
어머니의 사랑일랑 그대들도 알지
내 가방 가볍게 통과시키네

이윽고 마중 나온 아들과 만나
따뜻한 포옹
사랑의 강물로 긴장을 푸네

(1998년 12월)

설원

앤 아버의 겨울
내리 열흘을 내리는 눈
나무숲도 호수도 집도 거리도
온통 하양으로 덮어
지상엔 아무런 경계가 없네

진종일 드렁드렁
눈치우개 차 소리
교통은 제대로 흐르고
나도 차 몰고 장보러 가네

말도 안 통하는 나라
주섬주섬 필요한 것 바구니에 담아
계산만 하면 끝

하얀 침묵과 명상이 일과가 되었네

(1998년 12월)

창을 닦으며

거대한 땅덩이의 나라
가지며 오이며 마늘 한 뿌리까지
크기만 한 나라

허지만 작은 것도 하나 있었지
떡가루 뿌리듯이 흩날리는 눈
바람과 함께 지상에 내리네

보송보송 굵은 송어리
천사의 날개짓 같은
고국의 눈 그리워라

어느 새 나는
눈보라 속 뛰쳐나가 거닐기보다
창에 기대어 관망하고 싶은
나이가 되었네

눈발 타고 내려오는 님

좀 더 투명하게 만나고 싶어
부지런히 창을 닦네

(1998년 12월)

한인 성당에서

아들과 함께 맞는
앤 아버의 주일
고향 사람 보고파
한 시간 달려
디트로이트
한인 성당에 가 보았지

성 김대건 한인 천주교회
반가워라
외로운 청년
두루마기에 삿갓 쓰고
현관 앞에 서서
나를 기다리고 계시네

약관의 어린 나이
고달픈 이국생활
마카오로 롤롬보이*로 상해로
이제 그 영혼은

미국까지 와 계시는가

절절하던 내 외로움
그분 앞에 서니
너무 호사스러워
죄송해요, 죄송해요, 숨을 죽이네

(1999년 1월)

*롤롬보이 : 필리핀의 한 도시. 김대건 신부가 머물렀던 곳
                현재 가톨릭 성지로 조성됨

난초

한 달 남짓 집 비워 놓고
겨울 여행에서 돌아오니
베란다의 화초들
다 얼어 죽었네

어인 실수인가
반쯤 열린 창문
눈보라에 시달렸을
푸른 생명들
참으로 미안하이

그대가
끔찍이도 아끼던 난초
그래서 더욱 미안하이

놀러 온 친구
애태우는 내게 건넨 말
좋아하는 주인 따라

저도 갔는데 뭘

오오라
저승까지 그대 따라가
향기 피워 동무해 줄 난초
참으로 고마우이

(1999년 1월)

그마저 내려놓고

그대 떠나 보내고 출근하는 길
버스 속에서는 남몰래 울고
학생들 앞에서는 방긋 웃음 지으며
참고 참은 세월 두 해
더 이상은 버티기 힘들어
명예퇴직 서둘렀지

젊은 날 내가 끔찍이 사랑했고
나 또한 넘치도록 사랑받았던
나의 기쁨, 나의 행복, 교직 생활
이제 그마저 내려놓고

날마다 찾는 곳
매달려 붙들고 싶은 곳
딱 하나
하느님의 집

(1999년 3월)

단 하루만이라도

그대와 함께 지낼 때
참 우습기도 하지
그대 볼 일 있어
한 며칠
출장을 간다 하면
은근히 반가웠었지

이것저것
자질구레한 뒷바라지
잠시 쉬어도 되겠다며
은근히 좋아했었지

그대 이승을 떠나고
한 며칠이
열 번, 스무 번, 거듭거듭 지나

내 일손, 내 마음 씀
한없이 편해져 버렸는데

반갑기는커녕, 좋기는커녕
왜 이리 쓸쓸할까
참으로 이상한 일이네

세탁실을 보고 또 보아도
그대 양말 짝 하나 없고,
다림질 방 기웃거려 보아도
그대 와이셔츠 한 장 없네

그대 단 하루만이라도
이승에 심부름 나와
땀 젖은 옷
벗어 주고 갈 순 없나

(1999년 8월)

버리기

살던 집 줄여
이사를 앞둔 요즈음
나의 최대 관심사는
버리기, 비우기

가는 곳마다 수도 없이
찍어댄 사진들도
정리, 정리, 정리

장롱 가득 걸어둔 옷가지
찬장 가득 쌓인 그릇들도
버리기, 비우기

이사 때마다 무거워 죽겠다고
짐꾼들이 불평하던 책
그래도 애지중지
혈육인 양 모시고 다니던
벗님들까지도 솎아서 버리고

결혼 전 혼자일 때부터
떠나기 얼마 전까지 꾸준히 써 모아
나이테처럼 불어난 그대의 보물 상자
일기장도 만지작 만지작

겨울나무처럼 다 벗어버리고
홀가분히 떠난
그대 정말 부럽네

(1999년 10월)

혼자 사는 집

그 옛날
여럿이 살 때는
혼자 있고 싶다고
때때로 간절히 바랐지

지금은 혼자 사는 집
문득문득
여럿이 함께 살 때가 그립네
아니, 아예 여럿이 살기로 했네
가족사진 걸어놓고 보고 또 보며

여럿이면서 혼자 살고
혼자이면서 여럿이 사는 집
이 방 저 방 드나들며
없는 사람 만나네

(2001년)

동반

빈집에 문을 따고 들어오면
현관에서 나를 반기는 그대 구두

아직도 그 신발 치우지 못함은
혼자 지키기에 버거운 집
함께 지키고자

거실로 들어서면
십자고상 아래
빙긋이 웃는 그대 모습

아직도 그 영정 치우지 못함은
혼자 모시기에 버거운 주님
함께 모시고자

(2001년)

십자가

무거운 몸
한 잎 조각배에 실어
금간 항아리처럼
아슬아슬

떠밀려, 떠밀려
마침내
고해(苦海)의 부둣가에 닿았습니다

너, 세상에 나가 고생 좀 하고 오너라
당신이 보내신 귀양살이라면
너, 그만 집으로 돌아와 쉬어라
불러줄 날도 있어야지 않겠나이까?

이 무거운 십자가
언 땅에 부려놓고
나비처럼,
아니,

민들레 꽃술처럼
포르르 날아가

당신 어전의 대문 밖에서라도
무릎 꿇고 엎드려
이제, 그만 쉬게 해 달라
응석 부리고 싶습니다

십자가
평생을 등에 진
나의 십자가
언 땅에 부려놓고

(2002년)

그리움

늦은 밤
혼자 성가를 부른다

시냇물을 그리는
암사슴같이
내 영혼이
당신을 그리나이다

자정(子正)
별일 없이 보낸 어제와
별일 없이 지날 오늘이
손 맞잡는 시간

세월은 흘러가는데
여태도
내 곁을 맴도는
그대 그리움

늦은 밤
혼자 성가를 부른다

(2002년)

성 토마스 성당에서

쌓인 눈길 헤치고
주님 뵈러 갔네
우리 땅에서 뵙던 주님
미국에서는 어떤 모습으로
날 반겨 주실까

이상도 하지
수녀님은 한 분도 안 계시고
신부님 시중드는 복사는
소년이 아니라 아리따운 소녀로세

제대를 벗어나
신자 앞으로 걸어 나와
다정하게 강론하시는 노 신부님
둥글둥글 목소리 듣기 좋아
무슨 말인지 다 몰라도
그냥 푸근하네

성체를 영할 때
넘치는 은총 받았지
포도주에 적셔 주시는
양 영성체

주님의 뜨거운 피
내 안에 스며들어
마침내 목이 메네

(2003년)

제 마음은 언제나

아빠 하느님,
제 마음은 언제나
당신 생각으로 가득합니다

온갖 역경에 시달리며
끝없는 가시밭길 헤맬 때
제 기도 속에 살포시 다가와
다독거려 주시는 당신
기다려라, 기다려라,
당신 말씀 아스라이 들려와
오늘도 웃으며 살고 있습니다

이승 귀양살이 다 마치고
당신 식탁 한구석에 끼고파
예쁘게 살아야지, 착하게 살아야지,
하루하루가 최선이 됩니다

아빠 하느님,

긴 긴 침묵 속에서도
칠흑의 어두움 속에서도
당신 말씀 한마디면
밝은 해가 떠오르는 나의 아침

제 마음은 언제나
당신 생각으로 풍요롭습니다

(2004년)

한 송이 풀꽃으로

내 어린 시절 외딴 오솔길 걷다가
홀로 하얗게 핀 풀꽃송이 보았지
오랜 친구인 양 내게 미소 지으며
별처럼 반짝이는 눈짓도 주었지

이름 모를 꽃, 향긋한 작은 풀꽃
가야 할 길 몰라 방황하는 나에게
기쁨 주고 위로 주고 꿈도 주었지

오늘도 쓸쓸히 외딴 오솔길 걷다가
홀로 하얗게 핀 풀꽃송이 만났네
온갖 비바람 눈보라 다 견디고도
순백의 미소로 나를 반겨 주었네

이름 모를 꽃, 향긋한 작은 풀꽃
세월의 더께에 때 묻은 내 영혼
영롱한 이슬로 맑게 씻어 주었네

아, 나도 한 송이 풀꽃으로 남으리
아주 하얗게, 아주 향기롭게

(2006년)

*우리 가곡으로 나옴
 심명복 작곡 / 소프라노 김희정 노래

내 안의 그대

나 언제부턴가 그대와 함께 세월을 보냈지
봄 여름 가을 내 안의 그대, 내 안의 그대

나 언제부턴가 간절한 소망 하나 품었지
내 안의 그대 얼굴 마주하고 싶다고

아, 어젯밤 꿈속에서 그 소망 이루었네
반짝이는 별 떨기 촘촘히 수놓인
검은 비단 그 하늘 문득 열리더니
눈부신 빛에 싸여 그대 얼굴 내밀었지

나 환호하며 그대 이름 불렀지만
무정한 그대여, 그대여,
살포시 미소 짓고 저 멀리 떠나가 버렸네

아, 너무나 허망히 사라진 꿈
아쉬운 맘 달래며 눈 떠 보니
어느새 내 가슴에 들어와 있네

언제나 함께할 내 안의 그대, 내 안의 그대

(2008년)

*우리 가곡으로 나옴
 권순오 작곡 / 소프라노 김인혜 노래

마지막 졸업식

퇴직하고 맨 먼저 시작한
바오르딸 수도원 성경공부
어느새 8년 세월 다 마치고
가슴 설레는 졸업식이라네

천육백여 명 입학 동기
다 어디 가고
겨우 백오십여 명 남아
영광의 졸업장을 받고 있네

미아리 알베리오네 센터
정동 프란치스코 회관
정든 교육장도 이제 이별
오랫동안 정들었던 교우들도
오늘로 작별

해외에 나가서까지
숙제 마쳐 우송하던 즐거움도

이제 끝이네

그동안
주님 말씀 안에
내 영혼의 키는 얼마나 자랐을까

(2008년)

종심의 나이에

앞만 보고 내달리던 삶은
이제 뚝!

피땀 흘려 빨갛게 익힌 열매
다 떨구고
이제 나를 돌아보며 성찰하는
겨울이 왔네

신앙은 나의 축복
주님 대전에 나가
살아온 나날들 점검받을 준비로
마음 설레네

회초리는 몇 대일까?
몽둥이는 몇 대일까?

아, 그래도
수고했다, 고생했다

날 보듬어 안고
등 토닥여 주실 손길
기다려지네

(2010년)

귀향 준비

빛나고 양지바른 내 고향 광양(光陽)
달빛 나루 진월(津月)에서 태어나
다섯 살 어린 시절부터
이리저리 이사한 곳
세어 보았지

공직자 아버지 따라
이 도시, 저 도시
소녀 시절, 청년 시절
자췻집, 가정교사 집
이 마을, 저 마을

결혼 후엔 셋방살이
아이들 자라자 허리띠 졸라
내 집 마련 꿈도 이루고
다시 방 수 늘인다고
이 동네, 저 동네

오오, 완전 숫자 열둘도 넘는군

지천명 나이를 훌쩍 넘기고
하느님이 주신 큰 선물
천당 밑 분당 집 당첨 받아
오래오래 편히 살았지

이제 마지막 딱 한 곳
천당 갈 준비하네

카데바 기증카드
사전 연명 치료 거부 카드
보태어 유언장까지 쓰고 나니
할 일 다 한 듯 편안하네

(2019년)

노거수

긴 긴 불면의 밤
오전 햇볕이 보약이라기에
추우나, 더우나
10시 반이면 산책을 나선다

내가 좋아하는 산책길
가로수 길 따라 한참 걸으면
분당천 가 홀로 우뚝 서 계시는
노거수(老巨樹) 회화나무님

수령 448(+-40)
수고 25m
나무 둘레 3m 56cm

처음엔 산책을 나섰다가
우연히 그분을 만났고
이제는 그분을 뵙고자 산책을 나선다

이 고장 사람들
희로애락 다 지켜보셨을 당신
수십 대 조상을 뵈온 듯
허리 굽혀 큰절 드리고
세상 이야기 도란도란

수백 년 곰삭은 삶의 지혜
귀띔해 주시라고 귀 기울인다

(2020년)

雲史 내 할아버지

암사 초당 보금자리 터에
온갖 정성 다하여 용암세장 지으시고
지필묵연 벗 삼아 안빈낙도하시던 할아버지
그 곁에서 먹 갈고 차 끓이고 잔심부름하며
댓잎 스치는 바람 소리 음악 삼아
책 읽기 즐기던 내 어린 시절 그리워라

유별난 사랑으로 가꾸시던 정원
봄이면 자산홍은 여전히 불타고
사철 푸른 잎으로 빈집 지켜 온 향나무
살진 허리로 구불구불 용트림하네

토방에 서서 탁 트인 허공 바라보면
멀리서 아스라이 나를 반기는 천황산 筆峰
"영례* 네가 저 붓뫼의 정기를 받으면 좋겠구나."
할아버지 간절한 말씀 귓가에 맴도네

세월의 무게가 켜켜이 쌓여 있는 곳

우리 가문의 꿈이 담겨 있는 龍巖世庄
고마워라, 광양시 향토 문화재

곳곳에 할아버지 모습 보이네
그 향취 살아나네

(2020년)

*영례 : 안 영의 본명 안영례

성찰

고해 성사를 보기 위해
죄의 일곱 뿌리를 더듬어 봅니다
교만, 분노, 질투, 탐욕, 색욕, 인색, 나태

평균이 되려면 적어도 서너 가지에서는
자유로워야 하겠지요?
이건?
그건?
저건?
하나하나 살펴봅니다
자신 없어요. 부끄러워요

주님,
그래도 다행입니다
한 가지에선 자유로워요
다섯 번째 것요

(2021년)

오르페오

온 세계를 강타한
코로나 태풍 속에서도
아늑한 공간 하나 찾았네

일상 멈춘 하루가 너무 무료해
티브이 채널 이리저리 돌리다가
놀라운 신세계 오르페오 만났네

하이든 모차르트 베토벤
슈만 슈베르트 브람스 쇼팽
그 옛날 거장들 다 불러내어
베를린으로 마드리드로 빈으로 체코로
나 여행 못 가는 줄 어찌 알고
온 유럽 무대를 친절히 안내하네

오페라며 교향곡, 소나타며 협주곡
옛 애인 다시 만나 사랑에 빠졌네

해외여행 지쳐 다리 아파지면
내 나라 평화의 땅, PLZ*로 데려와
나무숲 꽃 잔치 속에서 무관중 음악회
오직 나 하나를 위한 그들 열정 눈물겹네

새로 사귄 내 친구 ORFEO*
시들어가는 내 마음 생기 돋우네

(2021년)

*PLZ(Peace Life Zone) : 강원도 비무장지대 주변
*ORFEO : 클래식 음악 채널

자스민 꽃

내 사는 분당
새마을연수원 골목 초입
이름이 예뻐 자주 찾는 찻집
'들꽃 마을'

햇살 따사로운 초봄 어느 날
서울서 온 옛 친구랑 함께 갔지
들어서는 순간 알싸한 향기
대추차, 쌍화차, 생강차 내음

추억 어린 대화 즐겁게 나누고
나오다가 마주한 꽃 화분 하나
어머나, 자스민 꽃!
친구 말에 놀라 엎드려 향내 맡네
오오, 좋아라
전통차 내음에 네 향기도 보탰구나

그토록 자주 드나들면서 몰랐다니

미안해, 미안해
너는 내 눈길 기다렸을 텐데

그래서 아는 만큼 보인다고

(2022년)

내 고향 광양

빛나고 양지바른 내 고향 광양(光陽)
풍수의 대가 도선국사께서
수많은 제자 키워내며 신비체험했던
해발 1,222미터 백운산을 등에 업고

멀리 전북 진안과 장수의 경계
팔공산 데미 샘에서부터 흘러흘러
긴 긴 여정 끝에 남해와 포옹하는
생명의 원천 섬진강을 가슴에 품고
아득히 먼 백제 때부터 일궈낸 희망의 땅

고로쇠 물, 청매실, 전어, 재첩…
풍부한 먹거리로 건강 챙기고
구봉산에 올라 호연지기 누리며
김황원, 최산두, 매천 황현…등
역사에 길이 빛날 스승들 가르침에
그 기상 드높아라, 광양 사람들!
만나는 사람마다 패기 넘치네

예부터 풍수 대가들 말했다지
이곳은 홍선출해(洪船出海)라고!
나라에서 둘째가는 큰 부두
광양항이 들어설 걸 어찌 알았을꼬
쌍둥이 자랑거리 광양 제철소
큰집 포항보다 더 많은 생산으로
대한민국 경제부흥 중추를 세웠지

광양의 끝자락
섬진강과 남해가 얼싸안는 환상의 장소
달빛 나루터 망덕 포구에는
나라의 보물 국가 문화재도 있네
삼엄한 일제 강점기 속에서도
윤동주 육필 원고 고이 간직했던 곳
아, 만방에 알리고파, 정병욱 가옥!

영원하여라, 풍요로운 고장
빛나고 양지발라 따뜻한 내 고향

(2022년)

5부

청탁에 의한 시

성모성월에

성모 어머님
단발머리 나풀대던 내 소녀 시절
당신을 처음 뵙던 그 날을
저는 잊을 수가 없습니다

이 세상 평화란 평화는
다 모아다 빚은 듯
자애스러운 얼굴
조용히 벌린 두 팔
차르르 흘러내린 치맛자락
그 아래 사알짝 드러나 보이던
그 고우신 맨발

아침 이슬 영롱히 맺힌 풀밭에서도
삼복더위 작열하는 태양 아래서도
눈보라 치는 겨울 한밤중에도
당신은 자세 하나 흐트리지 않고
거기 그냥 그렇게 서 계셨습니다

마음이 외로울 때
핍박과 모멸로 고통받을 때
가슴 저미는 아픔으로 당신을 찾아가면
조용히 보듬어 다독여 주시던 당신
그 아늑한 팔 아름에 안겨
어머님, 어머님
눈물로 하소연하다가
거짓말처럼 평화 얻어 돌아오곤 했습니다
제가 받은 고통이 제아무리 크다 한들
어찌 당신의 그것에 비길 수나 있으오리까

매질 당하는 아들을
가시관 쓰는 아들을
실신하는 아들을
십자가에 못 박히는 아들을
아아, 성모 어머님
어찌 다 견디며 지켜보셨나이까

순명과 희생과 사랑과 인내와…
그 모든 것 한 몸으로 실천하신
성모 어머님
찬미 받으소서
그 고우신 발아래 촛불을 밝혔습니다

장미 송이송이로 그윽한 향을 피웠습니다
저희 가난하고 어여쁜 마음을 받아주소서
만인의 어머니 성모 마리아님

*1986년 5월 천주교 반포성당 성모성월 행사 때

중대부속고등학교 교가

중앙인의 푸른 기상 가슴에 안고
새 터전 굳게 다져 모여든 우리
참되고 슬기롭게 마음을 닦아
어둠을 밝히는 등불이 되자

근면과 성실은 우리의 자랑
새역사 창조하는 중대부속고

높은 이상 타는 정열 가슴에 안고
세계로 벋어나갈 미래의 우리
저마다 다양하게 소질을 길러
더불어 사는 사회 초석이 되자

근면과 성실은 우리의 자랑
새역사 창조하는 중대부속고

*1997년 중앙대 부속 남녀 공학으로 통합, 흑석동에서 도곡동으로 옮길 때
안 영 작사 / 최광덕 작곡

은빛 대학교

주님이 사랑하는 어린이처럼
새로이 태어나듯 가슴설레며
성령의 은총으로 모여든 우리
천국이 따로 있나 이곳이로세

환갑 진갑 다 지나도 마음은 청춘
남은 삶은 우리 주께 모두 바치리

사랑과 믿음 안에 친구 주시고
넉넉한 자유와 건강 주시니
베푸신 그 은혜에 감사드리며
회개와 용서로써 보답해 보세

주름주름 늙었어도 마음은 청춘
남은 삶은 우리 주께 모두 바치리

*1991년 천주교 반포교회 경로대학 개교 때

영롱한 고독
— 김영배 신부님의 은경 축일에

어버이의 기도 속에 곧게 자라서
한 집안 돌보기엔 너무 큰 나무
우리 주님 부르심에 목자되셨네

유서 깊은 분당골 주임 신부님
성전 지어 주님께 찬미드리고자
아름다운 문화유산 빚고 계시네

주님만을 따르는 묵묵한 걸음
돌아보니 어느덧 스물다섯 해
아득한 그 고독 영롱하여라

신부님의 오늘 모습 이루기까지
어머님의 묵주기도 몇만 단일까
교우들도 그 정성 가슴에 새겨
마음 모아 그분 앞날 빌어드리세

*1999년 10월 25일
 분당 성요한성당 김영배 주임 신부님 은경 축일 행사 때

경인고등학교 교가

한가람 정기 받아 우뚝 선 전당
저마다 큰 꿈 안고 모여든 우리
경애와 신의로써 마음을 닦아
이 나라 이끌어 갈 동량이 되자

오, 아름답고 자랑스런 희망의 터전
겨레의 힘, 나라의 빛, 경인고교

푸른 솔 맑은 기운 그윽한 이곳
배움의 한 형제로 모여든 우리
도전과 창의로써 재능을 길러
지구촌 곳곳으로 웅비해 보자

오, 아름답고 자랑스런 희망의 터전
겨레의 힘, 나라의 빛, 경인고교

*2002년 경인고등학교 개교 때
 안 영 작사 / 박종인 작곡

참 소중한 당신

어떻게 전할까, 내 간절함
어느 날 문득 깨어나 보니
눈길 닿는 모든 곳에 네가 있었지
살포시 보듬어 가슴에 담고
너를 느끼고 만나고 아파하면서
그렇게 너만 보며 살게 된 거야
내 눈에 가득한 너, 참 소중한 당신
you, so precious!
you, so precious!

어떻게 전할까, 내 그리움
내 마음엔 맑은 시냇물 하나
너를 향한 물결로 흘러넘치지
내 온몸 적시며 돌고 있는 사랑
퍼내도 퍼내도 마르지 않아
너랑 함께 노래하며 살게 된 거야
내 가슴에 가득한 너, 참 소중한 당신
you, so precious!

you, so precious!

어떻게 전할까, 내 보고픔
네 존재만으로 힘이 솟는 나
세상은 네가 되고 난 그 안에 살지
내가 하는 모든 일 너 바라볼까 봐
향기롭게 살려고 나를 가꾸며
오직 네게 맞춰 살게 된 거야
온 세상에 가득한 너, 참 소중한 당신
you, so precious!
you, so precious!

(2004년)

*《참 소중한 당신》 잡지사가
 신상옥 작곡 / 바다 노래